Anna B. Christ

Weihnachtsgeschichten

Für Groß und Klein

BoD - Books on Demand

Norderstedt 2019

Bibliografische Information durch die Deutsche Nationalbibliothek

Die Deutsche Nationalbibliothek verzeichnet diese Publikation in der
Deutschen Nationalbibliografie; detaillierte bibliografische Daten sind im
Internet über http://dnb.dnb.de abrufbar.

© 2019 Anna B. Christ by Sültz Bücher

Herstellung und Verlag:

BoD – Books on Demand, Norderstedt

ISBN 9-78375-0-42170-7

Inhalt:

Der Weihnachtswunsch

Frau Harmelau schaut jeden Tag aus ihrem Fenster im Pflegeheim. „Ach, wenn doch nur einmal meine Enkelkinder vorbeikommen würden. Ich habe sie doch so gerne.", seufzt die Kapitänswitwe. Frau Lise Harmelau wird bald 90 Jahre. Ihre Enkelkinder hat Frau Harmelau schon viele Jahre nicht gesehen. Britta und Torben waren 3 und 5 Jahre alt. Dann starben bei einem Autounfall Mami und Papi. Da war Frau Harmelau bereits 82 Jahre und lebte bereits im Pflegeheim. Das ist jetzt 8 Jahre her und die Enkelkinder sind nun 11 und 13 Jahre. Sie verloren sich alle aus den Augen. Fitus, unser Sylter Strandkobold, besucht regelmäßig die älteren Herrschaften im Pflegeheim. Leider konnte er Britta und Torben nie ausfindig machen. Sie kamen damals zu Pflegeeltern. Vielleicht leben sie heute auf dem Festland. Eigentlich besucht Fitus alle Tiere der Bewohner im Pflegeheim, aber Frau Harmelau kann Fitus auch sehen. Das liegt daran, dass damals Kapitän Fritz Harmelau vor Sylt mit seinem Schiff in einen Sturm geriet. Fitus übernahm das Steuerruder und brachte das Schiff sicher in den Hafen. Da Kapitän Hamelaus Frau schwanger war, wollte er schnell nach

Hause. Die Mannschaft reparierte das Schiff. Aber der Kapitän hatte eine Kopfverletzung und sah nur auf einem Auge etwas. Fitus nahm ihn an die Hand und führte ihn nach Keitum zu seiner Frau. „Schau Lise, dieser Seemann hat mich geführt und auch das Schiff gerettet.", sagte erschöpft der Kapitän. Lise schaute, aber sah nur ihren verletzten Ehemann. Als der Kapitän wieder gesund war, erzählte er seiner Frau Lise alles ganz genau. „Dann will ich auch mal an den Seemann glauben, aber damals war da niemand.", sagte Lise Harmelau. Die Zeit verging und immer wieder sprach Lise mit dem Seemann Fitus, auch wenn sie ihn nicht sah. „Ach, lieber Seemann Fitus, nun ist mein Mann lange tot, nur meine Enkel leben noch irgendwo. Kannst du mir helfen?"

In Bremen begannen die Weihnachtsferien. Familie Krüger fuhr mit den Kindern auf die Insel Sylt und besucht immer gern die kleinen, aber feinen, Weihnachtsmärkte in Tinnum und Hörnum. Auch das Pflegeheim macht mit den Bewohnern einen Ausflug dorthin. Die Insel ist in der Weihnachtszeit herrlich geschmückt. Fitus erfreut dies in jedem Jahr. Er schaut sich gerade den riesigen Weihnachtsbaum vor dem Bahnhof an, als seine Ohren ganz hellhörig wurden.

„Britta! Torben! Beeilt euch, wir müssen den Bus nach Tinnum bekommen.", rief Frau Krüger. Das waren doch die Namen, die Frau Harmelau immer erwähnte. Das Alter könnte stimmen. „Du, Torben. Unsere Oma lebt hier auf der Insel. Ob sie noch lebt?", fragte Britta. Nun war sich Fitus sicher, das sind die Enkel von Frau Harmelau. Schnell lief Fitus zum Pflegeheim. Er öffnete die Tür zu Frau Harmelaus Zimmer und nahm sie an die Hand. „Nanu, wer zieht mich denn so?", fragte Frau Harmelau. Da sie gerade gebetet hat und an ihren Ehemann dachte, vermutete sie, dass Seemann Fitus nun bei ihr sei. Schnell stieg sie mit zu den anderen Mitbewohnern in den Bus, der nach Tinnum fährt. Nun stand sie auf dem Weihnachtsmarkt und schaute sich die herrlichen Strickmützen an. Plötzlich rief ein Junge: „Britta, schau' dir diese Bommelmützen an. Sind die lustig." „Warte Torben, ich komme!", rief das Mädchen. Frau Harmelau hörte wohl nicht richtig. Ganz zittrig holte sie ein Kinderbild aus ihrer Tasche, natürlich von ihren Enkeln Britta und Torben. Sie waren es wirklich. Frau Harmelau war überglücklich, auch Britta und Torben. Von nun an werden sie sich nie wieder aus den Augen verlieren. Frohe Weihnachten!

Spuren im Sand

Morgen ist der 6. Dezember, also Nikolaus. Fitus, unser Sylter Strandkobold, läuft von List nach Westerland, um zu sehen, ob alles seine Ordnung hat oder Hilfe benötigt wird. „Oh, hier im Sand liegt aber eine schöne Puppe. Und dort ein rotes Spielzeugauto!", bemerkt Fitus. Je weiter Fitus am Strand entlang läuft, umso mehr Spielsachen findet er. Jetzt legt er einen Zahn zu und rennt ganz schnell in Richtung Westerland. Da hinten, noch weit entfernt, sieht er den Nikolaus. Er trägt einen großen Sack auf dem Rücken. „Moin lieber Nikolaus!", ruft Fitus. „Du hast ein großes Loch in deinem Geschenkesack und verlierst schon viele Kilometer Spielsachen." Der Nikolaus sagt: „Oh, das ist mir überhaupt nicht aufgefallen." Ja, liebe Kinder, wenn ihr euch fragt, wie der Nikolaus an alle Kinder am 6. Dezember denken kann und für jedes Kind Spielzeug im großen Sack verstauen kann, dann sei gesagt, dass sich der Sack immer wieder automatisch auffüllt. Der Nikolaus hat also immer etwas für jedes Kind dabei.

„Jetzt kann ich gar nicht zurücklaufen, um alles wieder einzusammeln, was mache ich denn jetzt, lieber Fitus?", seufzte der Nikolaus. „Ich habe da eine Idee, lieber Nikolaus. Ich mache das schon.", rief Fitus. Da vor zwei Tagen ein starker Sturm über die Insel fegte, konnte eine Schulklasse nicht aus der Jugendherberge in List abreisen. Es war die fünfte Klasse aus Hannover. „Morgen ist Nikolaus.", sagte Lehrerin Frau Mücke. „Ach, ich glaube schon lange nicht mehr an den Nikolaus.", rief der Schüler Sven. „Ich schon!", erwiderte Schülerin Anna. Fast alle stimmten Anna zu. Fitus wusste, dass die Schüler nicht abreisen konnten und hörte das Gespräch.

Am 6. Dezember schlich sich Fitus zu Anna. Es war 6 Uhr am Morgen. „Anna, wache bitte auf.", flüsterte Fitus. „Oh, dass ich dich einmal sehen würde. Ich freue mich so.", sagte Anna ganz verschlafen. „Heute ist Nikolaus. Gehe nach dem Frühstück mit deinen Klassenkameradinnen und Kameraden an den Strand. Ich glaube der Nikolaus war dort.", sagte Fitus weiter.

Um 7 Uhr 30 wurde in der Jugendherberge gefrühstückt. Danach fragte Lehrerin Frau Mücke die Kinder, worauf sie heute Lust hätten. „Ich möchte zum Strand, denn dort war der Nikolaus.", rief Anna. „Der Nikolaus. Wer hat dir denn den Floh ins Ohr gesetzt?", fragte Sven. „Das war der Sylter Strandkobold Fitus!", rief Anna. Alle lachten. „Gut, dann gehen wir einmal zum Strand.", sagte Lehrerin Frau Mücke. Eigentlich sagte sie das eher deswegen, um ihre Ruhe zu haben, denn sie musste sich schließlich noch um die Rückreise kümmern.

Am Strand angekommen, sahen die Schüler die vielen Spielsachen. „Das gibt es doch gar nicht!", rief Sven. „Ja, der Nikolaus eben.", lachte Anna. „Jetzt weiß ich, dass es den Nikolaus gibt.", sagte Sven kleinlaut. Für jedes Kind war etwas dabei, als wenn der Nikolaus alles schon wusste.

HEILIGABEND-ERINNERUNGEN

Seit einigen Jahren sitze ich nun immer an Heiligabend auf Opas Lehnsessel. Es ist ein riesiger Ledersessel, eigentlich sitze ich nicht auf dem Sessel, sondern in dem Sessel. Er ist recht durchgesessen und ich versinke tief in ihm. Dazu umschlingen mich regelrecht seine großen Ohren.

Heute ist schulfrei und da Vater noch zur Arbeit muss, genieße ich den Augenblick hier im großen Ohrensessel. So gern erinnere ich mich an die Zeit, als Opa in ihm saß und seine Weihnachtsgeschichten erzählte. Ich saß dann immer auf seinem Schoß, während Oma für uns das Frühstück vorbereitete. Mutter war zum Einkaufen in die Stadt gefahren. So Allerlei schien noch zu fehlen, um den Heiligabend und die Weihnachtstage überleben zu können. So zumindest meinte es Opa immer. „Denke bitte noch an Mayonnaise für den Kartoffelsalat. Und du weißt doch noch, das vom Christkind.", rief Oma meiner Mutter nach. „Was meint denn Oma damit?", fragte ich Opa. „Nun, auch das Christkind isst gern Kartoffelsalat mit Würstchen.", antwortete Opa. Schnell erzählte Opa weiter und so musste ich mich mit der Antwort zufriedengeben. „Als ich ein Kind war, da gab es auch Kartoffelsalat und Würstchen. Die Kartoffeln erntete meine Mutter in unserem Garten."

„Hattest du keine Schaukel oder eine Rutsche im Garten?", fragte ich Opa. „Eine Schaukel hatte ich. Wir hatten im Hof eine Teppichstange. Dort wurden die Teppiche geklopft um sie zu säubern. Daran befestigte mein Vater eine Schaukel. Es waren zwei Seile und ein Holzbrett. Das Holzbrett hatte mein Opa gesägt. Mit Schmirgelpapier hatte er dann Kanten und Flächen gerundet, damit ich keinen Holzsplitter in den Po bekam.", antwortete der Opa. „Hi, hi! Das ist ja lustig!", sagte ich. Opa erzählte weiter: „Und im Rest des Gartens wurden noch Obst und Gemüse angebaut. Es gab Stachelbeeren, Birnen, Kürbisse und noch viel mehr. Und als es dann auf Heiligabend zuging, da holte mein Vater, also dein Uropa, die Krippenfiguren vom Dachboden herunter. Dazu gab es noch eine richtige Krippenstadt. Dein Ur-Uropa konnte noch gut schnitzen. Und da es hauptsächlich immer nur die heiligen drei Könige, Maria, Josef und das Christuskind gab, schnitzte dein Ur-Uropa noch viele weitere Figuren. Da gab es den Schmied mit dem schweren Hammer in der Hand, die Melkerin und die fröhlichen Kinder. Und wenn du zehn Jahre bist, dann schenke ich dir die Krippenstadt mit allen Figuren." Darauf freute ich mich damals schon riesig. Und heute macht Oma immer noch Marmeladenbrote für mich. „Bleibe in Opas Ohrensessel sitzen.", ruft sie gerade und bringt mir ein leckeres Brot mit Quark und Erdbeermarmelade. „Wenn deine Mutter vom Einkaufen zurückkommt und dein Papa von der Arbeit, dann hole ich die große Krippe aus meinem Zimmer.", sagt Oma. „Oma, ich bin schon zehn Jahre!" „Ich weiß, mein Junge. Ich weiß auch, was dir Opa versprochen hat, als er noch lebte. Ja, ich weiß es. Hilfst du mir denn nachher?" „Na klar!"

Ich erinnere mich, dass Opa damals die Krippe auf dem Dachboden aufbewahrt hatte. Der Dachboden war nur von außen mit einer Leiter erreichbar. Es war ein sehr altes Fachwerkhaus mit einem großen Garten. Im Vorgarten pflanzte Oma Rosen an, in allen Farben. Wenn Oma und Opa dann endlich alles ins Wohnzimmer getragen haben, wurde nun alles kontrolliert. Josef fehlte ein Bein, genauso einem Schaf. König Melchior ist eine Hand abhandengekommen. Oma rief: „Und was ist mit dem Jesuskind?" „Das ist unversehrt, du hast es im Januar schließlich in Watte gepackt.", sagte Opa. Ich durfte nun dabei sein, wie Opa die abgebrochenen Teile mit Leim sorgfältig anklebte. Manchmal konnte ich alten Leim an den abgebrochenen Teilen erkennen. „Ja, dein Vater hat schon mit seinem Opa einiges ankleben müssen. Man kann noch so vorsichtig sein. Hier oder dort stößt man an, und ab ist es.", sagte Opa. „Nein Opa, wenn ich es einmal bekomme, dann gehe ich noch vorsichtiger damit um. Mir passiert das nie!", entgegnete ich. „Na, wir werden es sehen, mein Junge.", sagte Opa und lachte dabei. Und so begann Opa mit den Klebearbeiten. Ich durfte die Teile halten. Zuerst schmiergelte Opa vorsichtig den alten Leim ab und raute die Holzstellen an. Jetzt kam ein Tropfen Leim darauf und Opa drückte beide Teile zusammen. Jetzt hatte König Melchior wieder eine Hand und konnte seine Kostbarkeiten für das Jesuskind tragen. Nun ging es mit den anderen Figuren weiter. Auch die Krippe überprüfte Opa und klebte hier und dort ein wenig. Gern war ich immer dabei, denn es roch schon herrlich nach Weihnachten. Das lag daran, dass die Krippe unter dem Weihnachtsbaum stand und Tannennadeln darauf fielen. Auch das Holz roch wie ein Wald. Ich bin ganz gespannt wie es zu diesem Weihnachtsfest riecht? Wenn damals dann alles fertig war, trug Opa die Krippe und die Figuren zu uns. Er hatte es nicht weit, denn meine Eltern bauten gegenüber von Oma und Opa ein Haus. „Als ich Kind war", sagte Opa, „da stand die Krippe im Wohnzimmer unter dem Weihnachtsbaum, dort wo der Fernseher jetzt steht." „Mmmh, wo stand denn da euer Fernseher?", fragte ich. Opa darauf: „Nein, mein Junge, einen Fernseher hatten wir damals noch nicht. Einen Fernseher bekamen deine Uroma und dein Uropa erst später vom Christkind geschenkt." Ich staunte: „Das Christkind musste dann aber ganz schön schleppen!" Opa baute dann auch den Christbaum bei meinen Eltern auf. Oft schimpfte er dabei, denn er spitzte den Baum unten an und das Beil war wieder nicht scharf genug. Dann durfte ich im Schuppen den Schleifstein drehen. Aber zuerst gab Opa mir eine Schutzbrille, denn es flogen viele Funken. Wenn der Baum dann endlich stand, bauten Opa und ich darunter die Krippe auf. Ja, daran erinnere ich mich gern.

Nun ist Opa seit drei Jahren nicht mehr bei uns. Oma ist zu uns gezogen und wohnt nun im Souterrain, dort steht auch die Krippe. Das alte Fachwerkhaus wurde nach Opas Tod verkauft. Heute ist dort eine riesige Baustelle.

Ein neues Haus mit Schwimmbecken wird dort gebaut. Hin und wieder finde ich auf der Baustelle noch einen Strauch mit Stachelbeeren, auch einen Kürbis habe ich noch gefunden. Den konnte ich aber nicht tragen, das hat Vater dann getan. Oma bereitete daraus eine leckere Marmelade zu. Trotzdem sind alle sehr traurig, dass es Opa und das Fachwerkhaus mit dem Garten nicht mehr gibt. Oma hat mir aber erklärt wo Opa heute ist, öfter spreche ich mit ihm, er hört mich ganz bestimmt.

Mutter und Vater kommen gerade gemeinsam nach Hause. Mit großen Tüten in den Händen rufen sie: „Hallo, wir sind wieder da!" Scheinbar würden wir ohne den Einkauf bis nach Weihnachten nicht überleben können, genauso wie Opa es früher sagte. Nun, heute weiß ich natürlich Bescheid, mit den Geschenken und so, werde es aber nicht sagen. Nachher liege ich doch nicht richtig.

Mutter und Oma verabreden sich gerade in der Küche. Vater zieht sich um und ruft: „Gleich wollen wir den Weihnachtsbaum einstielen, mein Junge!" Und los geht es. Heute bin ich ganz schön im Stress, denn auch Oma benötigt gleich noch meine Hilfe bei dem Aufbau der Krippe.

Jetzt geht es aber zuerst mit dem Vater in den Garten. Der Baum ist fast zwei Meter hoch. Vater legt ihn auf die Seite und probiert den Christbaumständer aus. „Passt nicht. Etwas müssen wir den Baum mit der Axt bearbeiten.", murmelte er. Opas Schuppen wurde bei uns im Garten neu aufgebaut. Er wurde in einem grün frisch gestrichen. Vater holte die Axt heraus und begann den Baum zu bearbeiten. „Die Axt ist ja gar nicht scharf genug.", ärgerte sich Vater. Irgendwie kam mir das bekannt vor. Also drehe ich wieder den Schleifstein und setze wie automatisch die Schutzbrille auf. Vater staunt fragend: „Hast du das schon öfter gemacht?" „Na klar, bei Opa, denn gleich fliegen die Funken.", sage ich stolz. Vater grinst und streichelt meine Schulter. Los geht es. Und wieder fliegen die Funken. Auf Anhieb passt der Baum in den Ständer. Vater ging mit dem schweren Teil voran und ich trug an der Spitze. In der Zwischenzeit hat Mutter die Stelle vorbereitet, wo der Weihnachtsbaum zu stehen kommt. Sie war aber schon wieder in der Küche und hilft Oma. „So, der Baum steht. Wer schmückt denn gleich?", fragt der Vater. Im gleichen Augenblick ruft Oma: „Ich brauche Hilfe bei der Krippe!"

Mutter kommt aus der Küche und sagt: „Gehe ruhig zu Oma, ich schmücke mit Papa den Baum." „Aber lasst mir etwas übrig!", rufe ich.

Die Krippe steht auf Omas Schrank. Vorsichtig heben wir sie herunter. Zuerst stellen wir sie auf Omas Bett und packen sie aus. Wir stellen nun zwei Stühle vor das Bett und schauten uns alle Teile gut an. „Oh wie ärgerlich, hier ist ein Bein abgebrochen. Und dort ein Ohr vom Esel. Oh nein, jetzt hat die Kuh den Schwanz verloren.", sagte Oma traurig. Ich tröstete Oma: „Oma, das kann schon mal passieren. Ich hole schnell Leim und Schmirgelpapier aus dem Schuppen und dann reparieren wir alles. So wie früher mit Opa." Oma weinte. Ich lief schnell los. Ich kenne ja die Arbeiten. Zuerst schmirgele ich den alten Leim ab, dann werden die Stellen aufgeraut. Jetzt einen Tropfen Leim aufbringen und die Teile zusammendrücken. Oma ist begeistert und drückt mich. Jetzt muss alles noch trocknen. In der Zwischenzeit helfe ich Mutter und Vater beim Aufhängen der Kugeln. Der Weihnachtsbaum ist ganz toll geschmückt. Vater trägt nun die Krippe ins Wohnzimmer und ich trage die Figuren. Es ist noch etwas Zeit bis zum Heiligabend. Bei uns beginnt der

Heiligabend immer mit einem Essen um 18 Uhr. Bis dahin legt Oma sich etwas in ihr Bett. Ich bin zu aufgeregt dafür und spiele in meinem Zimmer. Was Mutter und Vater gerade machen, dass weiß ich jetzt nicht.

Pünktlich um 18 Uhr läutet die kleine Weihnachtsglocke von Oma. Früher ging ich ja mit Opa und Oma in den Nachmittagsgottesdienst, heute darf ich zum ersten Mal in die Mitternachtsmette. Aber jetzt ist erst einmal Heiligabend eingeläutet und ich laufe gespannt ins Wohnzimmer.

Ich bin der Erste, Mutter, Vater und Oma folgen. Der Weihnachtsbaum ist hell erleuchtet. Sollte ich mich mit den Geschenken doch geirrt haben? Ich sehe viele bunt geschmückte Geschenke. Welches ist wohl für mich?

„Kommt ihr bitte zum Essen!", ruft die Mutter. Zuerst wird gebetet. Das ist jedes Jahr so. Ich sollte eigentlich viel öfter beten. Vielleicht kann Opa im Himmel ja ein gutes Wort beim lieben Gott für mich einlegen.

Ich habe eine ganze Wurst gegessen und drei Löffel Kartoffelsalat. Nun ja, ich habe heute auch viel zu tun gehabt. Ich war beim Baumeinstielen dabei... beim Schleifen der Axt und habe die Krippenfiguren geklebt. Jetzt freue ich mich auf ein Geschenk vom Christkind. Der Vater legt eine Schallplatte mit Weihnachtsmusik auf. Jedes Paket trägt einen Namen. Ich habe mir so sehr einen Elektronik-Baukasten gewünscht. Tatsächlich habe ich ihn bekommen. Zwei weitere Geschenke sind auch noch für mich. Und auf einem Umschlag steht mein Name. Ich bin ja so gespannt. Jetzt sitzen wir im Wohnzimmer, Vater hat gerade neue Bienenwachskerzen angezündet und ich öffne den Brief. „Mein lieber Enkel. Wenn Du diesen Brief liest, dann bin ich schon im Himmel. Ich sehe Dich wie fleißig Du bist. Frohe Weihnachten wünsche ich Dir, Oma, Mutter und Vater. Du bist nun Zehn Jahre. Jetzt schenke ich Dir die Krippe und die Figuren. Du bist nun mein Nachfolger. Es grüßt und umarmt Dich, Dein Opa im Himmel. Ich liebe euch." Mit einem schweren Kloss in der Stimme konnte ich den Brief lesen. Wir nahmen uns alle in die Arme und weinten. Um Mitternacht freue ich mich nun auf die Christmette, um zu beten und mich bei Opa zu bedanken.

Viele Jahre später...

Es sitzt sich gut in Opas Ohrensessel. Das Aufpolstern hat viel gebracht. Auch die Aufarbeitung des alten Leders ist ein Erfolg. Das habe ich mir als Weihnachtsgeschenk bereitet. Den Baum habe ich auch schon, nun kann ich etwas im Ohrensessel verbleiben, bis meine Frau vom Einkaufen zurückkommt. Immer noch erinnere ich mich gern an die gute alte Zeit zurück. Wo das Haus der Großeltern stand, steht nun ein herrliches Haus mit Doppelgarage. Es gefällt mir schon recht gut. Auch der Swimmingpool im Garten. Gemüseanbau gibt es nun nicht mehr. Und trotzdem erkenne ich von unserer Küche aus, dass zwischen den Grundstücken ein kleiner wilder Stachelbeerstrauch wächst. Hoffentlich kann er lange überleben.

Oma ist nun vor zwei Jahren von uns gegangen. Sie hat, Gott sei Dank, die Geburten ihrer Enkelkinder miterleben dürfen. Mein großer Sohn ist jetzt acht Jahre, die Tochter ist sechs.

„Hi, wir sind wieder da!", ruft der Sohn und setzt sich auf meinen Schoß. „Wann wollen wir den Baum aufstellen?", fragt er. Im gleichen Augenblick macht sich sein Smartphone bemerkbar. „Ach, ich will mich nachher noch mit Mike treffen, also lass' uns Starten!" Tja, wie sich die Welt so ändert. Zu Großvaters-Zeiten gab es Namen wie Karl und Heinrich, als mein Vater jung war, war der Name Peter und Thorsten modern. Zu meiner Zeit gab es den Namen Dennis und heute sind Mike und Linus angesagt. Noch schwieriger sind heute die Mädchennamen. Aber alle Namen kommen mit der Zeit wieder zurück. Nun, wenn ich mir einmal eine Schwiegertochter wünsche, dann hoffentlich nicht Chantale, Yvonne oder Nicole. Aber wo die Liebe eben hinfällt. Auch war es noch zu meiner Zeit eine wichtige und heilige Zeit an Heiligabend zu Hause zu sein, sowie die Eltern zu beobachten, wer nun wirklich die Geschenke bringt. Ich denke, dass in diesem Jahr die Kinder noch einmal, vielleicht zum letzten Mal, vom Weihnachtsmann und dem Christkind besucht werden. In den letzten Jahren half der Nachbar aus und stieg ins Kostüm. Nun hat er Rücken. Vielleicht irre ich mich auch und der Glaube ist stärker. Ich würde es mir wünschen, denn es hat sich schon genug auf dieser Welt zum Nichtguten geändert. Daher sollte die Familie das Heiligste sein und für immer bleiben. Weihnachten und

Ostern müssten vom Ursprung her wieder in den Vordergrund gestellt werden.

So, jetzt starten wir in den Garten. Der Christbaum ist sehr gut gewachsen. Ich suche zunächst einmal die Axt. „Im Sommer werden wir mal den Schuppen aufräumen und neu streichen.", sage ich zum Sohn. „Vielleicht in rot?", antwortet er. „Ja, warum nicht?" Die Axt ist gefunden. Erstaunlicher Weise ist sie sogar noch scharf. Obwohl ich gern den neuen elektrischen Schleifstein probiert hätte. „So, fertig, es passt. Trage du hinten an der Spitze, Sohn." Als wir im Wohnzimmer waren, bemerkte ich, dass ich den Baum allein getragen habe. Mein Sohn schrieb während des Gehens eine SMS an seinen Schulfreund. Der Baum steht da, wo jedes Jahr der Christbaum steht. Da hat sich nichts geändert. Und es ist auch derselbe Christbaumschmuck, ganz so wie in der guten alten Zeit.

Die Mutter bereitet in der Küche das Essen vor. Traditionsgemäß gibt es Kartoffelsalat und Würstchen. Mutter und Tochter schälen Kartoffeln, vermischen alles und schmecken ab. Wobei zu sagen wäre, dass die Tochter eher fürs Abschmecken zuständig ist.

Nachdem der Sohn 8 Kugeln dicht nebeneinander an den Baum gehängt und alle 12 Kerzenhalter auf den unteren Zweigen verteilt hat, riet ich ihm dann doch, dass er noch seinen Freund Mike besuchen solle, aber auch, dass er um 17 Uhr wieder zu Hause sein muss. Der Baum sieht nun wirklich verunstaltet aus, wenn er nicht mit Hingabe geschmückt wird. Ich hörte dann nur noch die Haustür ins Schloss fallen.

Mit einer weihnachtlichen Musik will ich mir den Baum dann doch noch einmal vornehmen. Zunächst musste ich auf der riesigen Festplatte die Weihnachtsmusik suchen. Im Ständer standen auch noch CDs. Wie von Geisterhand öffnete sich das untere Schrankfach in dem so allerlei Gerümpel verstaut ist. Schleifen und kleine Osterhäschen, aber auch Eisbecher und Strohhalme finden hier ein zu Hause. Aber auch ein paar Weihnachtsschallplatten rutschten mir entgegen. Im Fach darüber steht eine ältere Musikanlage mit Schallplattenspieler und sogar noch mit Cassetten-Recorder. Damals war die Musikanlage hochmodern, denn sie besaß schon einen USB-Anschluss.

Ich schalte die Festplatte aus und lege eine Schallplatte auf, um in Stimmung zu kommen. Karl-Heinrich Waggerl erzählt jetzt seine Weihnachtsgeschichte,
dazu singen die Wiener-Sängerknaben. Nun, die Kugeln können doch noch etwas warten, ich setze mich in den Ohrensessel und lausche den Künstlern. Damals haben meine Eltern mit mir das Karl-Heinrich Waggerl-Museum in Wagrain in Österreich besucht. Ich glaube, diese Schallplatten waren schon im Besitz meiner Urgroßeltern. Sie wurden dann immer weitergereicht. Meine Großeltern hörten sie auf jeden Fall jeden Heiligabend. Und da ich diesen Wohnzimmerschrank von meinen Eltern übernommen habe, sind die Schallplatten nun in meinem Besitz. Ob ich die Kinder damit wohl auch begeistern kann? Gewiss nicht! Ich schaue aufmerksam auf den Tonarm, wie sich die Nadel Umdrehung für Umdrehung vorarbeitet. Dabei bemerke ich nicht, wie ich in meinen Gedanken versinke.

„Klack" macht es und der Tonarm geht in seine Ausgangsstellung. Habe ich gedöst? „Papa, sieh mal, wir sind fertig!", ruft meine Tochter. „Mit dem Kartoffelsalat?", frage ich. „Nein", sagt meine Frau, „mit dem

Baumschmücken!" Ich schämte mich. Aber der Baum ist nun zu einem stolzen Christbaum geworden. In diesem Augenblick schellte es an der Haustür. „Oma und Opa kommen!", ruft meine Tochter. Ja, meine Eltern haben mir das Haus überlassen. Sie sind in eine ebenerdige Wohnung gezogen, ganz in der Nähe. Opa hat Rücken und Oma Knie. „Wir haben unseren Enkel unterwegs aufgelesen. An Heiligabend sollte die Familie schon zusammen sein.", sagt Opa mit erhobenem Zeigefinger. „Ja Opa, ich bessere mich.", sagt sein Enkel.

„Kann ich noch etwas helfen?", fragt Oma die Mutter. „Ja, treffen wir uns im Souterrain, da wäre noch etwas einzupacken.", flüstert die Mutter. „Lass' mich zuerst mit Opa die Krippe holen!", rufe ich. Gesagt, getan. Und wie in jedem Jahr kümmern sich Opa und Enkel oder Vater und Sohn um den Krippenaufbau. „Nanu, nichts ist abgebrochen in diesem Jahr.", staunt mein Vater. „Ich habe es meinem Opa auch damals versprochen.", sage ich leise und denke an ihn. „Ich weiß, mein Junge, ich weiß."

Eine Tradition habe ich auch noch übernommen. Jeder verlässt bis um 18 Uhr das Wohnzimmer. Und alle halten sich auch daran. Nur werde ich in diesem Jahr mogeln.

Die Kinder sind in ihren Zimmern. Oma, Opa und die Mutter sind im Souterrain. Ich schleiche mich zurück ins Wohnzimmer. Aus dem Internet habe ich ausgeschnittene Fußspuren besorgt. Einmal ein Paar vom Weihnachtsmann und ein Paar vom Christkind. Der Weihnachtsmann trägt große Stiefel und das Christkind ist barfuß unterwegs. Die Pappvorlagen lege ich auf den Boden, einmal der Weg hin zum Christbaum und wieder zurück zur Balkontür, die ich leise öffne. Mit dem speziellen Schnee, der den Vorlagen beiliegt, sprühe ich nun die Fußspuren aus. Jetzt aktiviere ich die Weihnachts-App, die ich zuvor aus dem Internet geladen habe. Pünktlich um 18 Uhr und 3 Minuten soll es nun Geräusche im Wohnzimmer geben. Das Smartphone verstecke ich natürlich. Danach schleiche ich mich aus dem Wohnzimmer und gehe in mein Büro.

Noch wenige Minuten. Ehrlich gesagt, ich bin so aufgeregt wie in jungen Jahren. Ob auch alles klappen wird?

17Uhr und 59 Minuten. Ich klingele Omas Weihnachtsglocke. Alle kommen aus ihren Zimmern und versammeln sich vor der Wohnzimmertür. Plötzlich hört man Geräusche. Wir schauen uns alle an. Niemand fehlt.

„Ho, ho, ho, na die Kinder werden sich aber wieder freuen!",
ruft der Weihnachtsmann. „Ja, und die Erwachsenen werden
staunen, dass wir immer zur gleichen Zeit hier sind. Wir
sind eben pünktlich!", ruft das Christkind. Sofort öffnet der
Sohn vorsichtig die Wohnzimmertür. Unter seinem Arm
kommt seine Schwester zum Vorschein. „Schau', da sind
Spuren. Und dort liegen Geschenke.", flüstert er. Ja, und
wie die Geschenke unter den Weihnachtsbaum gekommen
sind, das weiß ich nun wirklich nicht, denn ich bin viel zu
beschäftigt gewesen. Ehrlich.

Nachtrag:

Das Heiligabend-Essen ist wunderbar gewesen. Gemeinsam
haben wir die Christmette besucht. Dort habe ich mich dann
wieder bei Opa und Oma bedankt. Bedankt, dass wir in
unserer Familie gesund sind und Frieden haben. Frieden,
Gesundheit und Essen für die ganze Welt! Sie sind im
Himmel und leiten alles weiter.

Mein Weihnachten

Ich kann mich noch sehr gut erinnern, wie bei uns zu Hause
Weihnachten gefeiert wurde. Als Kind bekommt man gar
nicht mit, ob die Eltern schon vor dem Fest gestresst waren
oder nicht. Bei meiner Mutter und meinem Vater ging alles
harmonisch von statten. So stressig wie heute war es damals
natürlich nicht. Man gab nicht so viel Geld für Geschenke
aus.

Das familiäre Zusammensein stand an erster Stelle. Jeder freute sich über Kleinigkeiten, wobei ich sagen muss, dass ich als Nesthäkchen immer ordentlich verwöhnt wurde. Opa und Oma kamen immer am Heiligabend schon morgens zu uns. Tante und Onkel besuchten uns am ersten Feiertag. Alle brachten stets reichlich Geschenke und Süßigkeiten mit. Ich musste dann ein Gedicht aufsagen, welches ich schon Tage vorher auswendig gelernt hatte. Der Heiligabend wurde von meinen Eltern und Großeltern ganz besonders zelebriert. Keiner durfte vor 18 Uhr das Wohnzimmer betreten. Als es dann endlich soweit war, klingelte meine Mutter mit einer kleinen Messingglocke und wir traten dann erwartungsvoll ins Weihnachtszimmer ein. Nur der Tannenbaum war beleuchtet. Die echte Tanne strahlte mit den ebenfalls echten Kerzen und dem alten nostalgischen Weihnachtsschmuck. Meine Kinderaugen wurden immer größer. Es hingen auch Wunderkerzen daran, die ich im Beisein meiner Eltern anzünden durfte. Der Duft, der dabei entstand, vermischte sich mit dem Duft der Tanne, den Kerzen und dem herrlichen Braten, den meine Mutter auf ihrem alten Küchenherd bereitet hatte.

Der Küchenherd musste noch mit Kohle betrieben werden und dabei verbreitete sich zusätzlich eine wohlige Wärme in der kleinen Wohnung.

Nachdem ich den Baum bestaunt hatte, enddeckte ich auf dem Garbentisch eine wunderschöne handgearbeitete Puppenstube. Dort waren kleine Gardinen an den Fenstern und die kleinen Möbel versetzten mich in eine andere Welt. In meiner kindlichen Fantasie bildete ich mir ein dort zu wohnen. Meine Eltern und Großeltern saßen glücklich und zufrieden auf dem Sofa und beobachteten mich. Vater und Opa tranken wie immer an diesem Heiligabend Wein. Wenn sie dann angeheitert waren, kamen ihre Töne beim Gesang der Weihnachtslieder so richtig zur Geltung. Ich musste dann oft lachen, weil es einfach zu komisch war. Nun bat meine Mutter alle zu Tisch. Ihr selbstgemachter Kartoffelsalat und die besonders leckeren Würstchen dazu, waren ein krönender Abschluss dieses wunderbaren Abends. Ich erinnere mich heute gerne zurück und habe oft das Gefühl, als wenn es erst gestern gewesen wäre.

Der erste Weihnachtstag

Am Weihnachtsmorgen konnte ich nicht schnell genug aus dem Bett steigen. Meine Puppenstube musste ich unbedingt zum Leben erwecken. Als Kind konnte ich mich so ins Spiel hineinversetzen, dass ich selbst glaubte in diesem Puppenhaus zu wohnen. Da Oma und Opa immer an Weihnachten über Nacht blieben, konnten wir alle gemeinsam ein gemütliches Weihnachtsfrühstück einnehmen. Der Duft des Tannenbaumes und des leckeren Bratens war intensiver als am Vortag. In der Wohnküche meiner Eltern war es sehr gemütlich. Der alte Kohleofen, der gleichzeitig zum Kochen diente, gab eine wohlige Wärme ab. Meistens schneite es an Weihnachten, so auch an diesem Tag. „Tante Hanni und Onkel Peter kommen heute Nachmittag und bringen auch Klaus-Peter mit.", sagte meine Mutter beiläufig. „Freust du dich denn?", fragte sie mich. „Sicher Mama, du weißt doch, dass ich mich freue wenn mein Vetter mitkommt.", antwortete ich und war in Gedanken an meine Puppenstube ganz versunken.

Am Nachmittag klingelte es. Tante, Onkel und Vetter traten ein mit riesen Paketen unter den Armen. Klaus-Peter brachte seine Gitarre wie immer an solchen Tagen mit. Wenn die ganze Familie versammelt war spielte er darauf. Eine noch fröhlichere Stimmung machte sich breit. Alle hatten beste Laune und nahmen erst einmal am Kaffeetisch Platz. Wie immer hatte Mama einen Frankfurter Kranz gebacken, den alle sehr gerne aßen. Schon an der Kaffeetafel brach tolle Stimmung aus. Mein Vetter holte immer wieder seine Gitarre heraus und begann Weihnachtslieder zu spielen. Natürlich sangen alle aus Leibeskräften mit. Der Nachmittag verging schnell und langsam wurde es dunkel. Es schneite draußen wieder, heftiger als je zuvor. Mein Kinderherz war voller Freude. Wie beschützt fühlte ich mich doch im Kreise meiner Familie. Meine Mutter bat alle Anwesenden im Wohnzimmer Platz zu nehmen. Vater zündete die Wachskerzen an und wieder überkam mich ein wunderbares Gefühl. Ein Gefühl der Freude und Geborgenheit. Nur kam ich auch heute nicht davon ohne ein Gedicht aufzusagen. Es war nun einmal Tradition bei uns. Leise Gitarrentöne ließen erahnen, dass alle gleich wieder sangen. Tante Hanni hatte für jeden ein kleines Geschenk, worüber sich alle sehr freuten. Mein Vater bekam Rasierwasser, meine Mutter eine Schürze, Opa eine Pfeife und Oma ein paar warme Pantoffeln. Natürlich war ich neugierig auf das, was ich bekam. Ich riss das Geschenkpapier ab und konnte vor Erstaunen nichts mehr sagen. Ein kleiner Kaufmannsladen kam zum Vorschein. Dort fand ich alles, was auch in einem richtigen Laden vorhanden war. „Ja dann wollen wir mal kräftig bei dir einkaufen!", rief mein Opa und musste herzlich lachen. Der schöne Weihnachtstag ging langsam zu Ende und mit Tränen in den Augen verabschiedeten sich alle.

Jedes Jahr feierten wir auf die gleiche Weise Weihnachten, bis meine Großeltern starben. Ich wurde älter, aber das Weihnachtsfest bleibt bis heute für mich etwas ganz besonderes. Immer am Heiligabend denke ich an Opa und Vater, sie konnten so schön singen. Ich denke an Mama, die sich stets bemühte, uns ein gemütliches Weihnachten zu bereiten. An die Klänge der Gitarre meines Vetters denke ich mit Wehmut. Diese Erinnerungen kommen immer wieder am Heiligabend; und ich denke so gern an diese schöne Zeit zurück.

Jetzt ist endlich Weihnachten

Weihnachten, heilige Zeit,

geschmückte Räume,

alles ist verschneit,

erwartungsvolle Kinderträume.

Der Heiligabend ist so nah,

alles ist so feierlich,

bald ist das Christkind da,

still ist es und weihnachtlich.

Die Glocken läuten zur Andacht,

dicke Schneeflocken fallen,

kommt zum Kind in dieser Nacht,

die Klänge der Orgel durch den Winter hallen.

Die hl. Messe war so schön,

es schneit schon wieder,

Zeit ist's nach Haus zu gehen,

Stimmt an, die Weihnachtslieder.

Heiligabend im Herrenhaus

Es war am Weihnachtsabend; und alle hatten Omas herrlichen Truthahn-Braten genossen. Die Enkel lagen auf dem dicken Teppich und spielten mit ihren neuen Baukästen und ferngesteuerten Autos. Die Zwillinge hatten gerade das 8. Lebensjahr vollendet. Sie waren der ganze Stolz der Familie. Erich und Marianne konnten erst sehr spät Eltern werden und durften froh sein, dass es doch noch geklappt hatte.

Graf Bertram von Wildholz und seine Gattin Gräfin Hermine von Wildholz waren seit vielen, vielen Jahren ein zufriedenes und auch mit Reichtum gesegnetes Paar. Erich, der Sohn, sollte später einmal Herr über das riesige Anwesen seiner Eltern werden. Er bewohnte bereits den Westflügel des Herrenhauses mit seiner Familie. Nun saßen sie alle in dem behaglichen Wohnzimmer an dem großen, offenen Kamin zusammen. Leise spielte Oma Hermine an dem uralten Flügel „Stille Nacht". Der drei Meter hohe Tannenbaum leuchtete in seiner ganzen Pracht. Großvater Bertram begann zu erzählen: „Ich war noch ein kleiner Junge und bevor der Zweite Weltkrieg ausbrach, vergiftete das politische Klima auch das tägliche Leben. Die Menschen hatten Angst vor dem, was da kommen sollte. Nun gut, ich war noch ein Kind, immer gut behütet.", erzählte der Graf. „Ich war ein neugieriger und immer für einen Streich aufgelegter Wirbelwind.", sagte er.

Das Gutshaus war der ideale Ort, um sich zu verstecken und Dummheiten zu machen.", führte der Opa weiter aus. Sein Sohn Erich und seine Schwiegertochter Marianne hörten gespannt zu und lauschten dabei den weihnachtlichen Klavierklängen, die von Hermine präsentiert wurden. „Erzähl' weiter, Großvater, wir wollen mehr hören", riefen die Zwillinge Robin und Linus. Sie kamen angerannt und setzten sich in einen der großen Ohrensessel, sodass man nur noch rechts und links ein Stück der Kinderarme sah, wenn man hinter dem Sessel stand. „Ich lief in eines der leer stehenden Gästezimmer und kletterte in den Speiseaufzug, dann zog ich die kleine Holztür zu und gab keinen Mucks von mir. In dieser Stellung verharrte ich bis in die Abendstunden.", sagte der Großvater mit einem Grinsen im Gesicht.

„Niemand fand mich. Sie suchten das Haus, das Grundstück, die Pferdeställe und die Dachböden nach mir ab.", amüsierte sich der Graf und strich sich stolz über seinen Kinnbart. „Da es schon sehr spät war und auch alle verzweifelt über mein Verschwinden waren, wollte ich nun wieder aus meinem Versteck klettern und die anderen überraschen.", sagte Graf Bertram. „Nur diese verdammte, alte Holzschiebetür ging nicht auf. Was sollte ich nur machen? Ich klopfte verzweifelt vor die Tür. Erst leise und dann immer lauter. Alle dachten es wäre ein Spuk, aber schließlich wurden sie auf die Geräusche aufmerksam.", erzählte der Großvater.

Linus rief: „Opa, Opa und wie ging es weiter?" „Ja, ich wurde vom Personal befreit und meine Eltern haben immer, wenn ich etwas ausgefressen hatte, die Schiebetür vom Speiseaufzug zur Seite geschoben und gesagt: „Du weißt ja was mit kleinen Jungen passiert, die nur Flausen im Kopf haben.", sagte der alte Graf. „Von da an war ich ein Vorzeigeknabe, der es aber faustdick hinter den Ohren hatte.", lachte Bertram. Alle anderen mussten auch schallend lachen. Beim Klavierspiel von Oma Hermine erlebte die Familie noch einen herrlichen Heiligabend.

Die Kinder waren in dem mit rotem Samt bezogenen Ohrensessel eingeschlafen und Papa Erich weckte sie sanft, um mit ihnen noch gemeinsam ein Lied zu singen, zum Abschluss des wunderschönen Weihnachtsabends bei den Großeltern im Herrenhaus.

Endlich Weihnachten

Es weihnachtet überall sehr,

alle Fenster sind bunt geschmückt.

Liebes Christkind komm' bald her,

Wir sind so selig und beglückt.

Der Heiligabend ist nun da,

es sitzen alle um den Baum.

Viele Wünsche werden wahr,

Weihnachtsduft erfüllt den Raum.

Mutter bringt den Braten rein.

Wie friedlich doch alles ist.

Strahlend ist des Baumes Schein,

oh Tannenbaum wie schön du bist.

Fitus, der Kobold, und der Seemann

Es schneite am 22. Dezember auf Sylt. Fitus ging vergnügt durch List und beobachtete alle Menschen bei ihren Weihnachtsvorbereitungen.

Immer wieder schaute er auch bei den Hansens vorbei. Vater Hansen lag immer noch im Krankenhaus. Er war vom Dach gefallen. Mutter Hansen musste nun für ihre 3 Kinder alles allein organisieren. Jeden Tag besuchte sie ihren Mann, machte danach den Haushalt und kümmerte sich liebevoll um ihre Kinder.

Torben ist 5 Jahre, Lore ist 8 Jahre und Sven 10. Er hilft Mutter Luise wo er nur kann. Hauptsächlich möchte aber Torben mit ihm spielen. Dabei musste doch Weihnachten vorbereitet werden. Der Tannenbaum muss noch besorgt werden, die Christbaumkugeln aus dem Keller hochholen und die Wohnung hübsch schmücken, Mutter Luise ist einfach überfordert.

Fitus erkannte die Sorgen der Familie, aber da gibt es auch noch viele andere Familien, denen geholfen werden müsste.

Nun überlegt unser Sylter Strandkobold und überlegt. Er geht den Lister Hafen auf und ab. „Wie kann ich nur helfen?", murmelt er so vor sich hin. „Moin", ruft da ein Mann, der auf die Nordsee blickt. Fitus dreht sich um, niemand ist zu sehen. „Meinst du mich?", fragt Fitus den Mann. „Ich werde doch nur von Kindern und Tieren gesehen." „Tja, ich kann dich eben sehen, lieber Kobold Fitus." Fitus war erstaunt. Aber so kurz vor Weihnachten musste sich Fitus noch um so viel kümmern, dass er nicht weiter darüber nachdenken konnte. „Ich bin Seemann, kann ich dir helfen?", fragt Klaus, der Seemann. „Ach, dich schickt der Himmel. Da ist eine Familie, die braucht dringend Hilfe. Ich weiß nicht wie du helfen kannst, aber mache einfach etwas. Dann kann ich nach Westerland, um den Ludwigs zu helfen."

Gesagt, getan. Fitus lief schnell nach Westerland und verließ sich ganz auf Seemann Klaus.

Morgens, am 23. Dezember, bei den Hansens:

Oh Schreck, jetzt hat sich Mutter Luise auch noch den Fuß verstaucht. Vater Hansen darf zwar das Krankenhaus über

Weihnachten verlassen, aber er liegt ganz eingegipst auf dem Sofa. Mutter Luise humpelt durch die Küche und die Kinder spielen im, Kinderzimmer. Es schellt. Sven öffnet die Tür, er ist traurig, denn es gibt in diesem Jahr wohl kein Weihnachten. „Ho, ho, ho!" ertönt es vor der Tür. „Bist du es wirklich?", ruft Sven etwas erschrocken. „Ja, ich bin es, ich bin der Weihnachtsmann. Ich bringe Geschenke, einen Weihnachtsbaum und einen leckeren Fisch aus der Nordsee mit.", sagt der Nikolaus in seinem roten Mantel, mit dem weißen Bart. Die Familie freut sich riesig. Der Nikolaus stellt den Baum auf, er räumt mit den Kindern die Wohnung auf und schläft schnarchend im Kinderzimmer bei den Kindern ein.

Am 24. Dezember, also Heiligabend, kocht er ein leckeres Essen für den Abend. Mutter Luise weint vor Freude. Und dann geht es auf 18 Uhr zu. Die Familie versammelt sich vor dem prächtig geschmückten Weihnachtsbaum. Die Tür geht auf und herein kommt der Weihnachtsmann. Sie beten gemeinsam am Tisch und freuen sich auf das leckere Nikolausessen. Danach schickt der Nikolaus die Familie ins Wohnzimmer. Alle sind ganz gespannt, es ist ein so herrlicher Heiligabend, sollte es jetzt sogar noch Geschenke geben? Tatsächlich! Für jeden gibt es genau die Geschenke, die sich jeder gewünscht hat. „Danke, lieber guter Weihnachtsmann!", rufen alle. Der Weihnachtsmann verabschiedet sich von allen und nimmt jeden in die Arme.

In der Zwischenzeit hat Fitus alles erledigt. Jetzt will er schnell zu den Hansens, um zu sehen, wie der Seemann Klaus helfen konnte. Vor der Haustür trifft er Klaus. Er ist ja nicht zu übersehen mit seinem gestreiften Pullover und dem braunen Vollbart. „Alles ist erledigt, lieber Fitus. Lauf nach oben und freue dich mit den Hansens. Übrigen, ich wünsche dir „Frohe Weihnachten" mein Freund". „Dir ebenso und danke für deine Hilfe, lieber Seemann Klaus."

In der dritten Etage angekommen, fallen die Kinder Fitus glücklich um den Hals. „Fitus, Fitus, stell' dir vor, der echte Weihnachtsmann war bei uns. Er hatte einen weißen Bart und einen roten Mantel getragen. Schau Fitus, was er mir mitgebracht hat.", ruft Lore. Fitus staunt. „Es begegnete mir doch nur der Seemann Klaus. Ja, manchmal geht der Nikolaus ganz eigene Wege um zu helfen.", freute sich Fitus.

Weitere Kindergeschichten zu Weihnachten sind hier zu finden: